满庭芳文萃

陌上花开

陌上公子 著

中国纺织出版社有限公司

内 容 提 要

《陌上花开》的作者使用简练、生动、贴切的语言，深入浅出地表达了复杂的思想情感。作者从我国古代诗词中借鉴意象，大量运用夸张、排比、对偶等表现手法，有效地增强了诗的情感浓度与语言力度，产生了较强的艺术表现力。

图书在版编目（CIP）数据

陌上花开 / 陌上公子著. -- 北京：中国纺织出版社有限公司，2024.2

（满庭芳文萃）

ISBN 978-7-5229-0965-3

Ⅰ. ①陌… Ⅱ. ①陌… Ⅲ. ①诗集—中国—当代 Ⅳ. ①I227

中国国家版本馆CIP数据核字（2023）第232476号

责任编辑：郝珊珊 责任校对：王蕙莹 责任印制：储志伟

中国纺织出版社有限公司出版发行

地址：北京市朝阳区百子湾东里 A407 号楼 邮政编码：100124

销售电话：010—67004422 传真：010—87155801

http://www.c-textilep.com

中国纺织出版社天猫旗舰店

官方微博 http://weibo.com/2119887771

北京虎彩文化传播有限公司印刷 各地新华书店经销

2024 年 2 月第 1 版第 1 次印刷

开本：880×1230 1/32 总印张：64.75

总字数：998 千字 总定价：600.00 元

目录

辑一 相遇

辑三　相惜

附录

辑一

相遇

春回大地，
杨柳依依，
我和你在开满鲜花的阡陌上相遇。
你的眼里有个我，
我的眸里有个你，
我们爱的旋律就从这里弹奏起……

那一天

那一天，
夕阳的余晖染红了西天的云端，
栀子花给伤感的校园铺上了白地毯，
感恩湖中的那对黑天鹅引颈唱得欢，
你和我心照不宣地漫步在美丽的校园。

那一天，
我的心中有点甜还伴着点酸，
天空中一只孤独的相思鸟叫声凄惨，
想对你说的话全被羞涩卡在了喉间，
你失望的眼神瞬间把我的心房刺穿。

那一天，
失去你的感觉让我满怀怅然，
学校的钟楼传来的钟声格外深沉悠远，
你的身影最终消失在茫茫的车流里面，
只有我自己知道那一夜我痛苦得彻夜难眠。

我不知道风从哪里来

我不知道，
风从哪里来。
弯弯曲曲的线条啊，
那是黄河飘舞的丝带。

我不知道，
风从哪里来。
淡淡的青铜味道呀，
那是商朝沉默的徘徊。

我不知道，
风从哪里来。
行云流水的武术啊，
那是少林和武当的风采。

我不知道，
风从哪里来。
安得广厦千万间呀，

那是诗圣高尚的情怀。

我不知道,
风从哪里来。
隐隐约约的歌声啊,
可是你深情的表白?

我不知道,
风从哪里来。
在月夜的梦里呀,
我们还是无法相爱。

我不知道,
风从哪里来。
亲爱的请你告诉我,
你为什么要走进我的世界?

春天里的那只孔雀

春风的味道有点甜，
含苞的月季香满了小园。
那只雄孔雀绿色的羽衣，
在春光的照耀下五彩斑斓。

他跳着轻盈的舞，
浪漫悠闲。
他觉得这还不够，
忽然间开起了屏，
瞬间惊艳了四月的天。

一位亭亭玉立的少妇，
斜倚着园边的阑干，
她为雄孔雀梦幻般的尾屏所惊叹，
她的心海悄然涌起了波澜。

她想越过那道阑干去看看，
忽然间又想起了什么，

在犹豫中痛苦地止住了脚步，
轻轻地拍了拍迷人的裙衫。

正在这时，
园中的一只雌孔雀，
忽然鸣叫道：
不要，不要……

我梦想

我梦想，
有一天，
骑一匹白骏马，
驰骋于理想的大草原，
看那晚霞满天美景无限。

我梦想，
有一天，
拥有一支神笔，
轻松地措万物于笔端，
写尽那人间的恩怨悲欢。

我梦想，
有一天，
备下一壶酒，
月下和故友把酒言欢，
各自消去那曾经的心酸。

我梦想，
有一天，
你如一颗流星，
落到我忧伤的梦里边，
不会灼伤凝望你的那双眼。

我在这里等你

我在这里等你，
等你去迎那醉人的春风，
等你去看那变幻的云涌，
等你去赏那多情的月明，
等你去听那雪落的寂静。

我在这里等你，
等你在如血的夕阳下，
等你在醉后的小酒吧，
等你在寂寞的古渡口，
等你在心的海角天涯。

我在这里等你，
等你飘柔的发梢，
等你妩媚的微笑，
等你纤细的腰肢，
等你轻盈的双脚。

我在这里等你，
春风里有我的祈祷，
落雪里有我的火烧，
明月下有我的忧伤，
渡口上有我的惆怅。

扑火的飞蛾

你有没有看到啊，
那只扑火的飞蛾，
在她含泪的眼里，
全是对烈火的执着。

你有没有听到啊，
那只扑火的飞蛾，
她唱着春风与过客，
飞向那秋水与星河。

你有没有想到啊，
那只扑火的飞蛾，
在她脆弱的心中，
早已厌倦了四处漂泊。

哦，那爱情的烈火呀，
照亮了飞蛾短暂的生活！
我愿化作那只痴痴的飞蛾，

你可愿燃成那团熊熊的烈火？

为了扑到你炽热的怀中呀，
我何惧前方的种种坎坷！
哦，你的蓦然出现啊，
是我生命中最美的传说！

枕着你的云笺入眠

命运的手啊，
让你我相隔万水千山。
那悠悠流淌的相思，
日夜响在我的心间。
在那月光皎洁的夜晚，
我只能凝望那闪着星星的天。

似火的霞光烧亮了夜的暗，
远方的鸿雁捎来了你的信件。
伴着怦然的心跳呀，
一目十行地把你的云笺来看。
恍惚中那些文字全都幻化成你的桃花面，
你说，这就是我们甜蜜的相见！

在那微风轻拂心儿萌动的春夜，
我枕着你的云笺入眠。
在深眠的梦里啊，
有那云朵朵雨点点，

还有那如黛的青山，
那山那云那雨缠绵缱绻地相连相恋！

梦里的故乡

年轻时，
为了实现所谓的理想，
我毅然地奔向陌生的远方，
想通过奋斗去创造事业的辉煌。

如今呀，
为了抚慰心中的沧桑，
我不远千里回到梦中的故乡，
想再次一睹她那甜美的模样。

可是，
那河虽在却不见碧波流淌，
那卤依旧却不见炊烟袅袅，
那院如初却不闻鸡鸣犬叫，
那人相识却没了曾经的妖娆。

淡淡的月光呀，
那是我此刻心中的忧伤。

轻柔的春风啊，
那是我此时心中的惆怅。

远望如画的青山，
我忽然明白，
故乡已经成了梦里的远方，
远方只有冰冷的凄凉，
和那点点闪闪的泪光……

你是我的眼

你是我的眼，
让我看到了玫瑰花的娇艳，
让我领略了秋月的缺和圆，
让我欣赏了飞雪的舞翩跹。

你是我的眼，
引我踏遍人间的万水千山，
引我看清世上的风云变幻，
引我品尝爱情的酸辣苦甜。

你是我的眼，
赐我妩媚的倾国容颜，
赐我如海的广阔蓝天，
赐我浩瀚的古今书卷。

你是我的眼，
宛如一束光，
驱走了我生命中所有的暗，
让我冰冷的心感到了春天的温暖。

我想和你去兜风

我想和你去兜风，
如庄周梦中的蝴蝶那样一起飞翔，
翩翩起舞赏那春风里的灼灼桃花红，
联袂演绎一曲春天里最浪漫的爱情。

我想和你去兜风，
如比目鱼那样在车的海洋里遨游，
沿途听着布谷鸟欢快的歌声，
温柔地抚慰你我心中那过往的痛。

我想和你去兜风，
山一程水一程。
朝来共看风景，夜来互相入梦，
梦都成真，心儿永远不冷。

亲爱的，
我想和你去兜风，
你快说呀，
中不中？中不中啊？

星星与萤火虫

夜空中最亮的那颗星，
是你温柔多情的眼睛。
在这春风浩荡的夜色里，
她悄悄地注视着我前行。

夜空中那飘忽不定的萤火虫，
是我匆忙前行的身影，
在这夏风习习的夜色里，
他深情地凝望着那颗星。

亲爱的，请你告诉我，
星星与萤火虫会不会有爱情？
那颗星呢喃着眨了眨眼睛，
萤火虫似乎什么也没听清……

在我的诗里想你

想你，
在日出东方红胜火的时候，
在夕阳西下霞满天的时候，
在美梦忽醒又失眠的时候，
在吟唱日近长安远的时候。

想你，
在雁字回时月光如水的西楼，
在江风缕缕白雾轻笼的瓜州古渡口，
在江枫渔火夜半钟声的那叶小兰舟，
在海誓山盟鱼水情深的西湖断桥头。

想你，
在我的眉上，
在我的心头，
在我的泪里，
在我那深夜的轻声呼唤和叹息里头！

想你，
想你风情万种的媚眼，
想你如墨如瀑的秀发，
想你紧紧深深的拥抱，
想你滚烫似火的热吻。
矜持的公主啊，
你也在想公子吗？

春天里的玉兰树

在一条弯弯的小河旁，
有一条幽静的小路。
路的尽头，
有一株正在绽放的玉兰树。

一只布谷鸟，
唱着欢快的歌，
飞到那棵玉兰树上驻足。
她喜欢那玉兰花的洁白，
她贪恋那玉兰花的芬芳，
她仰慕那玉兰花的高贵。
她疯狂地唱着：
布谷，布谷……

一阵春风伴着春雨吹过，
玉兰花像凋零的心一样地飘落。
布谷鸟展开翅膀飞向了远方，
凄冷的春雨中传来悲伤的歌声：
糊涂，糊涂……

梦中的咖啡屋

蜿蜒曲折的小河对岸，
是座开满茉莉花的小山。
小山的前面，
粉红色的咖啡屋若隐若现。

就在那间咖啡屋，
拉开了你我相爱的序幕。
《闲庭絮》的歌声隐约又模糊，
喝过那杯加了太古和伴侣的浓咖啡，
你和我跳起了欢快浪漫的华尔兹舞。

空气里飘着淡淡的清香，
我的心里充满了迷茫，
迷茫那清香究竟来自何方，
咖啡？茉莉花？
还是如茉莉花一样的姑娘？

不知何时河边的秋风已然吹起，

山上的茉莉花在风中悄悄地枯萎，
你的去向也如同故事那样离奇。
我黯然地坐在那间咖啡屋，
品着那苦涩咖啡中甜美的回忆，
山中传来的歌声是那么的悲戚。

我的泪无声地落在咖啡里，
瞬间化作思念你的圈圈涟漪！
我仰起头轻声地问那多情的月儿，
如茉莉花般的那位姑娘，
到底在哪里？

我爱你，你随意

我爱你，你随意，
我对风儿说，
风儿笑着吹向了花！

我爱你，你随意，
我对月儿说，
月儿害羞地躲到了云里！

我爱你，你随意，
我对雪花说，
雪儿飞舞着扑向梅的怀里！

我爱你，你随意，
我对太阳说，
太阳红着脸坠入了海里！

我爱你，你随意，
我对着大山吼道。

山谷传来回音：
我爱你，你随意！

听闻远方有你

听闻远方有你，
感到甚是稀奇。
那冰冷的心里，
又忆起了往昔。
曾经的曾经啊，
你是我的唯一。
曾经的曾经啊，
我是你的传奇。
可命运的手啊，
她将你我分离！
我也曾经失意，
我也曾经哭泣，
我也曾经绝望！
可是啊今天，
为何又让我得到你的消息？
难道说，难道说，
这就是上天的旨意？
我已决定，

再次动身去寻你。
哪怕是关山万里，
哪怕是冷风凄凄，
哪怕是雨雪霏霏，
哪怕是茕茕孑立。

因为我心里知道，
我此生不能没有你！
因为我心里清楚，
我的生命里不能没有你！
我将用我的脚步，
丈量寻你的距离，
像那风儿一样啊，
永不停息！

你说，
我是你永远抵达不了的远方，
可我还是想成为你的诗与远方！
如果远方太远，
如果诗太缥缈，
如果爱太沉重，
请你住进我的，
我的心里，
我的心里来！

你曾经来过我的世界
—— 致疫情时期我们昙花一现的爱情

三月的后山，
小溪在欢快地歌唱，
那片桃花开得正艳，
灼灼其华映红了你的脸。
你和我邂逅在炊烟袅袅的傍晚，
我和你在那桃树下就着月光温柔缱绻，
天上的星星一闪一闪地眨着眼，眨着眼。

四月的后山，
那片桃花啊已经凋零，
凋零的桃花瓣儿在溪水中打转，
只有那桃叶独自泛着新生的墨青。
我想和你再赴云中的浪漫梦幻，
却再也没看到你曼妙的身影出现。

我登上后山的山巅，
举目向远方凝望寻觅，

从清晨一直到夜晚，
却只看到一颗明亮的流星，
拖着长长的尾翼，
飞向那漆黑的天边……

你到底去了哪里呢

星星在苍穹里休息，
月亮藏在大海的怀里，
桃花在春天里绽放，
雨滴躲在那云的梦里。

曾经的曾经，
你在我的诗词中流连忘返，
你在我的歌曲里翩翩起舞，
你在我的水墨中流淌蜿蜒，
你在我的心房里温柔栖居。

可是今天哟，
我却看不到你的容颜，
我却听不到你的声音，
我却闻不到你的体香，
我却梦不到你的浪漫。

你是到终南山隐居了吗？

你是去蓬莱仙岛修行了吗？
你是飞升到那广寒宫中了吗？
你是像蒲公英那样随风飘散了吗？

亲爱的，
请你告诉我，
你到底去了哪里呢？

落花的叹息

在这暮春的深夜，
吹着阵阵的冷风，
织着丝丝的细雨，
我在冰冷的梦里，
听到了落花的哭泣。

那无情的风在摧残着你，
那无情的雨在蹂躏着你，
你在夜的风雨中飘零，
飘零在淙淙的溪水中。

我在凄凉的梦里，
听见了落花的呓语：
不怪你，不怪你，
是我负了你，是我负了你！

在这暮春的黎明，
我在梦醒时，

听到了落花的叹息。
那叹息声里呀，
仿佛全是侬对我，
深深的眷恋和回忆！

要我如何，你才能爱我

爱而不能，爱而不得，都是爱情中最深的痛。

——陌上公子

要我如何，你才能爱我？
在黎明来临时我为你朗诵《凤求凰》，
在黄昏降临时我为你吟唱《相思曲》，
在浪漫的春天里我把你写进我的诗词里，
在风雨飘摇里我愿做把伞为你遮风挡雨。

要我如何，你才能爱我？
在飞雪的冬日里我曾为你堆过小雪人，
在你肚疼时我曾为你端上暖香的红茶，
在你生日时我曾悄悄地为你送上玫瑰花，
在你哭泣时我曾轻轻地把你的泪儿擦。

可是今天呀你对我说，
我是你窗前轻轻逡巡的晚风，
我是你永远到达不了的远方，

我是你夜半里被惊醒的梦，
我是你蓬莱仙岛上虚幻的仙境。

我问你，
为什么？
你却冷笑着沉默不语。
我花了半生的时间思考，
才终于明白：
太阳和月亮永远不会约会，
飞雪和江南永远不会缠绵，
萤火虫和星星永远不会缱绻！

在我的生命里寻你

在春天里，
我动身去寻你，
不顾那风和雨，
只想和你一起看樱花柳絮。

在夏季里，
我动身去觅你，
不惧那烈日炎炎，
只想和你一起在湖中荡船。

在秋天里，
我动身去找你，
带几枝淡香的桂花，
只想与你一起赏那轮明月。

在冬季里，
我起身去见你，
哪怕是寒风凄雨，

只想牵着你的手踏雪寻梅。

在我的生命里寻你，
我要翻过高山，
我要蹚过小河，
我要穿越沙漠，
无论前路有多少坎坷，
无论春夏秋冬风霜雪雨。

我真的真的真的，
只想和你在一起，
朝朝暮暮相偎依，
共谱人生的浪漫传奇！

你是我的五月天

你是我的五月天，
那夜空中最亮的星星是你多情的眼，
那弯弯的月儿是你的蛾眉，
那河岸上随风飘荡的柳丝是你的秀发，
那花园里绽放的月季是你的娇颜。

你是我的五月天，
满墙怒放的蔷薇散发着你诱人的体香，
火红的石榴花让我看到了你的热烈与奔放，
布谷鸟声声的鸣唱捎来你对我深深的念想，
那淙淙的流水分明是你对我的爱意在流淌！

你是我的五月天，
我们爱情的希望就藏在那满野的麦田，
我们爱情的结晶就挂在那桃李的枝头，
我们爱情的欢乐流淌在少男少女们拨动的琴弦上，
我们爱情的忧伤已被五月的晚风彻底吹散！

你是我的五月天，
五月天里有你我的爱、恋、暖，
五月天里你我的相思道不尽写不完，
因为在你我的生命里，
还将永远演绎更加精彩的诗篇！

生命里的风

你本无意窗前风，
奈何孤倨引山洪。

——陌上公子

我是你生命里的风，
从春吹到冬。
将你从残雪的梦中唤醒，
将你头顶的那片乌云吹散，
把你风雨中的忧愁吹走，
把那梅花吹落你的眉头。

我是你生命里的风，
吹遍南北西东。
这风吹绿了梦里的江南，
这风吹来了塞北的马蹄声，
这风见证了大海的波涛汹涌，
这风领略过沙漠的疯狂与痴情！

我是你生命里的风，
风中有浪漫风雅的《诗经》，
风中有唐诗宋词的无限风情，
她如你的影儿一样伴你终生，
她会抚平你心头那爱情的伤痛。

我是你生命里的风，
只想永远陪着你一同前行！

生命里的雨

你是我生命里的雨，
在我的窗前淅淅沥沥，
勾起了我们往昔的回忆，
你的面容也渐渐地清晰。

你和我曾经在阡陌上嬉戏，
你和我曾经在夏天里淋雨，
你和我曾经相互安慰着委屈，
你和我曾经在风雪里相偎依。

在那枫叶飘零的晚秋，
我们在断桥头伤心地别离，
你的心里已有人把我代替，
你对我早已没有了往日的情意。

你是我生命里的雨，
恐怕余生也难把你忘记。
我只好，

将你深深地藏在心底！

你是我生命里的雨，
想你爱你又恨你！

我最深的爱是最远的你

独坐敬亭山，相看两不厌。

——陌上公子

我不知道你身处何方，
是江南还是大草原上；
我不知道你长什么模样，
是亭亭玉立还是风流倜傥；
我不知道你年龄的幼长，
是豆蔻年华还是白发苍苍。

我只知道你的才华无人能够阻挡，
我只知道你的人品无比端正善良，
我只知道你的情感是那么的热烈奔放，
我只知道你的灵魂是那么的自由高尚！

我若是画家，
想用相思作墨为你画一幅山水画；
我若是诗人，

45

想用回忆作笺为你写一首爱情诗；
我若是音乐家，
想用那把焦尾琴为你弹奏高山流水；
我若是酿酒师，
想用那江南的红豆为你酿制一坛文君酒。

黄昏来临时我会想你，
雪花飘落时我会想你，
酩酊大醉时我会想你，
梦中醒来时我会想你。
你是我精神的红颜知己，
你是我心灵的灵魂伴侣。
你可知道啊，
最远的你是我最深的爱，
我最深的爱是最远的你！

难舍难分的离别

醉别西楼醒不记。
春梦秋云，
聚散真容易。
斜月半窗还少睡。
画屏闲展吴山翠。

衣上酒痕诗里字。
点点行行，
总是凄凉意。
红烛自怜无好计。
夜寒空替人垂泪。

——晏几道《蝶恋花》

朋友啊，
请让我为你送别，
在这芳草连天的古道边，
让你我再看一眼夕阳染红的西天，
莫要让那离别的眼泪滴湿我们的衣衫。

此一别山高路又远，
翻越高山时你一定要注意安全；
此一别水深路又险，
渡过大河时你一定要乘坐大船！

如果深夜里你想我了，
请你看看那天上的明月，
那是我灿烂的笑脸；
如果黎明时你想我了，
请你听听那窗外的风吟，
那是我在为你拨弄琴弦。

如果有一天我想你了，
我会把你相赠的诗词来看；
如果某个夜晚我想你了，
我会在梦里与你温柔缱绻。

朋友呀，
让我们再拥抱一次，
或许此一别便是永远！
请让我为你送别，
在这萤火虫飞舞的夏夜！

我要打碎那夕阳

晓妆初过，
沉檀轻注些儿个。
向人微露丁香颗。
一曲清歌，
暂引樱桃破。

罗袖裹残殷色可，
杯深旋被香醪涴。
绣床斜凭娇无那。
烂嚼红茸，
笑向檀郎唾。

——李煜《一斛珠》

我要打碎那夕阳，
我要揉碎那月亮。
用那二月的春风，
将她们裁成洛神的霓裳，
给洛神照张素颜相，

再悄悄地把她在心底收藏！

我要打碎那夕阳，
我要揉碎那月亮。
借助天女的仙手啊，
将她们散作漫天的星光，
那星光呀投影在银河的波心，
温暖爱河中痴情怨女的悲凉！

我要打碎那夕阳，
我要揉碎那月亮。
叫上诗仙李白啊，
到敬亭山的桃花源里大醉一场，
然后与诗仙一起高声地歌唱，
歌唱那大唐的繁华和高光！

我要打碎那夕阳，
我要揉碎那月亮。
约上我心中的檀郎呀，
到那烟雨江南的巫山之上，
一道将那枝头的红豆摘光，
让痴情的人儿啊再也不被相思灼伤！

太想念太想念

放下对你的依赖感，
抛却对你的占有欲。

——陌上公子

我对你太想念，
每当深夜那孤独寂寞袭来时，
我就会用杜康酒把自己灌醉，
只为梦里能够和你再次相见。

在梦里啊我疯狂地吻着你的脸，
在梦里呀你陪我坐在那三生石畔，
在梦里呀我痴情地把你的名字呼唤，
在梦里啊你欢天喜地和我温柔缠绵。

悠扬的钟声打碎了我的美梦，
睁开眼早已不见了你的情影，
梦里吻过的脸呀醒来却不在身边，
望着那天上的月儿啊早已泪涟涟！

我曾经暗示过你日近长安远，
我曾经为你不远千里去相见，
我曾经不顾一切把你苦苦恋，
可你呀为何还是如此的冷淡？

今天的你我犹如风筝断了线，
你随那无情的风儿越飞越远，
可我还是幻想着和你再见面，
再续你和我前生来世的美好姻缘！

梦中的那轮明月

你是我梦中的那轮明月，
从碧波荡漾的东海升起，
静静地洒满李白的床前，
在乌啼声中落入姑苏的客船。

你是我梦中的那轮明月，
出没于天山的云海之间，
曾经参加过苏东坡的中秋盛宴，
阅尽了人世间三千年的离合悲欢。

你是我梦中的那轮明月，
无声地诉说着情人的相思缠绵，
在飘雪的夜里，
倾听那娇艳红梅的丝丝哀怨。

你是我梦中的那轮明月，
在秋风萧瑟的夜晚，
我只能遥望你身后的星天，

在心底发出无奈的轻叹。

你是我梦中的那轮明月，
就让我枕着你的温柔甜蜜地入眠。

你明白我的心意吗

你明白我的心意吗？
你我虽然相隔千里，
你我虽然从未谋面，
但我是真的真的爱你，
年龄啊它不是什么问题。

你明白我的心意吗？
我多想挣脱现实的枷锁，
给你你想要的那种生活。
陪着你一起看日出日落，
陪着你将雪山和戈壁走过。

你明白我的心意吗？
有一种真爱叫作放弃。
因为我不能陪你到最后，
所以我不愿走进你的生活，
我宁可做你生命中的过客。

你明白我的心意吗？
我们应该像树一样站在一起，
树枝在淡淡的云里相依，
树根交织在深深的土地里，
在春夏秋冬里共沐人生的风霜雪雨。

辑二

相处

我和你，
朝朝暮暮，
你和我，
夜夜倾诉，
我们快乐幸福地相处。
美如初见，
久处不厌，
知心的话儿永远说不完……

九百九十九封情书

我的心中永远会记得，
你在黄河边的洛阳城，
我在黄河边的古开封，
你和我靠着写信传递爱情。

你给我写国色天香的牡丹花，
你给我写神秘的卢舍那大佛，
你给我写曹植的《洛神赋》，
你给我写白马寺的美丽传说，
你给我写武则天的精彩赛诗会，
你还给我写你对我深深的思念。

我给你写龙亭湖的春色，
我给你写铁塔的风铃声，
我给你写包拯的传奇故事，
我给你写宋太祖的丰功伟绩，
我给你写鼓楼夜市的各种美食，
我还给你写我对你的无限爱慕。

在你的第四百九十九封情书中，
你忽然对我说：
我们并不适合在一起，
以后最好不要再联系！
我用泪水又给你写了五百封情书，

我知道自己没有权力，
我知道自己没有财富，
我知道自己没有美貌，
我知道自己只有一点点的才华，
我还知道自己有那么一点点的傻！

亲爱的玉儿，
如果你碰巧看到了这首诗，
请你千万不要哭泣。
我真心地希望你永远幸福，
道一声珍重，
我不会再怨你也不会再恨你！

你永远不懂我的沉默

你永远不懂我的沉默，
爱情的悲伤正在把我淹没。
我还是放不下和你的爱恨纠葛，
虽然你的誓言只不过是一种折磨。

你永远不懂我的难过，
我明白你已不再属于我。
爱上你是我今生最大的错，
你就是我生命中一个魔鬼般的诱惑。

你永远不懂我的寂寞，
我知道你是我生命中的过客。
今夜我将向谁轻轻地诉说？
今夜我将为谁唱一曲爱情的葬歌？

玫瑰的花瓣一片片地坠落，
坠落在那璀璨的银河。
我只好选择把你放过，

才能解开那把生锈的心锁！

你永远不懂我的沉默，
从此以后就让我一个人去漂泊，
在那爱的回忆长河里独自漂泊！

飞到你的山庄去看看

今天，
我的灵魂化作了一只蝴蝶，
飞越那蓝天白云千山万水，
飞到那遥远的山庄去看看，
只是为了参加你的生日宴会。

我飞过山庄里你我栽下的合欢树，
我飞过山庄里你我爬过的那座假山，
我飞过山庄里你我荡过的柳外秋千，
我飞过山庄里你我喝过的那潭清泉。

飞累的我啊，
悄悄地落在了你的发梢。
忙着应酬的你呀，
竟然丝毫不知道。

我看见二郎神为你在逗哮天犬，
我看见孙大圣为你在翻筋斗云，

我看见诗仙为你正挥笔写诗篇，
我看见苏东坡正笑着把美食献。

王母娘娘派仙女送来了蟠桃，
洛神也笑着给你戴上了琼瑶，
文君的琴声是那么的悠长痴情，
西施为你披上她亲手织的吴绫。

曹操抱来了杜康美酒把你的愁儿消，
一对画眉鸟在你面前跳起了惊艳的舞蹈，
你的脸上啊洋溢着天使般迷人的微笑，
生日宴会上涌起了无比欢快的浪潮！

今天，
看到你那么的幸福，
我的内心已经很知足，
偷偷地又看了你一眼，
我扇动翅膀飞向了遥远的天边！

你是我心湖中的睡莲

在我的心灵花园中，
有一湾清清的湖水，
湖岸上飘着袅袅的柳丝，
湖中开着娇艳的睡莲。
莲叶下锦鲤在欢快地嬉戏，
不远处有一对黑天鹅在偎依。

你虽然不言也不语，
我也知道你对我的深情厚谊。
你本是天宫中的仙女玉姬，
只是为了追求爱情才栖身在这里。

我每天都会来看你，
可每次还是惊叹你的美丽。
你是那么的纯洁与旖旎，
引发过历代才子佳人的无限叹息！

你的花蕊仿佛是一盏莲灯，

灯焰是那么的明亮与澄清，
灯光照亮了我生命的黑暗，
让我夜行的路不再艰险。
你的灯光是那么的温暖，
驱走了爱情的严寒。

我看你的时候啊，
感觉你也在注视着我，
爱意在对视的目光中缓缓流动，
这何尝不是夏天里最美的风景？
夕阳给白云的双颊抹上了胭脂，
你也害羞地躲进了湖的胸怀，
早早地沉入我温柔的梦海，
在梦中与我一起憧憬浪漫的未来！

你是我心湖中的睡莲，
永远绽放着迷人的娇艳！

爱情好像风

你我相遇在春天，
你如那满树的樱花，
绽放得天真烂漫。
春风吹落你的花瓣，
在空中飞舞一片，
惹醉了我的双眼。

你我热恋在夏季，
共谱爱情的恋曲，
留下浪漫的回忆。
我们爱得那么疯狂，
就如那夏风夏雨，
洒下情的点点滴滴。

你我分手在秋天，
那夜的月特别圆，
蛐蛐的鸣叫响彻了花园。
秋叶在秋风中打转，

我们轻声地说着再见，
泪水在黑夜里泛滥。

我在冬季里把你思念，
痛苦在心里无声地蔓延，
镜中的我早已泪水涟涟。
我在冷风中将你的名字呼唤，
傻傻地盼着和你再次相见，
等来的却是缥缈的虚幻！

哦，
爱情好像风，
来无影去无踪！

三生三世的情缘

我虔诚地询问佛祖，
今生为何与你遇见？
佛祖嘿嘿笑着说：
那是你俩前世修下的缘。

我瞬间顿悟了，
你我是前世的并蒂莲，
绽放在杭州的西湖间，
经历过红尘的恩恩怨怨。

今生啊只想和你浪迹天涯，
我身着青衫腰佩龙泉宝剑，
你一袭紫衣玉手轻抚琴弦，
把那天涯海角和阡陌走遍！

你和我来到三生石畔，
共同把那相思的酒斟满，
听那杜宇啼鸣，看那霜飞满天，

任他夜深风冷星微月儿寒！
我和你来到望夫石山，
看那披满红枫的深秋，
让我们一起忘掉思念的忧愁，
让我们一起高歌红尘的爱恨情仇！

来生呀我想和你化作比翼鸟，
在那合欢树上筑一个爱巢，
爱巢里有你有我还有我们的小小鸟，
我们一家人是多么的自在逍遥！
前世我已等你等了三千年，
今生在人海中只看了你一眼，
我的心便已经彻底沦陷，
来生啊我还会与你深深地牵绊！

我在江南君在北

我站在江南的古渡口上，
听着那淅淅沥沥的烟雨，
深深地凝望遥远的北方，
因为北方是你所在的方向。

一条乌篷船正要起航，
她要沿着大运河驶向远方，
在那条乌篷船上，
一对情侣正在忘情地歌唱。

歌声勾起了我对你的念想，
念想如那大运河滔滔流淌，
流淌向你日日生活的北方，
一直流入你那寂寞的心房。

我猜此刻的你也正在把我思念，
或许你在给我画着一幅小团扇，
或许你在为我拨弄着丝丝筝弦，

或许你在为我痴痴地独自蹁跹。

我在想我能为你做些什么呢？
我只能把你唱进我的歌曲里，
我只能把你揉进我的诗行里，
我只能把你画在我的心房里。

或许此生你我都不能相见，
就如北方的雪吻不到江南。
可万物都能将你我的信息传递，
我们的爱情啊还有什么遗憾？

我住在你的心里，
你住在我的梦里。
你是我今生的红颜知己，
我是你今世的精神伴侣！

爱情的滋味

已经模糊了你我的邂逅，
是在遥远的江南古渡口，
还是在那月光如银的西楼，
只因你温柔地含笑一回眸。

爱情的相遇是如此的美妙，
我已无法描绘她的好。
我喜欢云卷云舒花开花落，
我喜欢骑着马驰骋在大草原上，
我爱看鱼儿在水中嬉戏，
我爱看花儿在风中摇曳，
可是如果没有你在我身旁的话，
这些都将变得毫无乐趣！

爱情的相处是如此的浪漫，
你像一杯果汁让我感到甜蜜，
你如一杯红酒让我陷入沉醉，
你似一杯绿茶让我感到清香，

你是一朵莲花让我坠入爱河。
你给我的信息随着夏天的凉风，
轻轻地吹进了我想你的心里！

爱情的别离是如此的痛苦，
想你的时候我却不能告诉你，
念你的时候我却不能联系你，
爱你的今生我却不能去见你，
爱你的今世我却无法拥有你，
爱你的我却无法和你在一起！

你让我尝尽了爱情的滋味，
虽然我们的爱情已经随风飞去！

来生我想早点遇见你

窗外下起了大雨，
风儿也刮得凄厉，
今夜我想对你说，
来生我想早点遇见你！

今生我们爱得太不容易，
你冲破了红尘世俗的洗礼，
我不顾人们的流言蜚语，
只为拥有彼此诱人的甜蜜！

我们的爱败给了现实的距离，
你无情地把我丢在冷风里，
其实我早就应该知道，
我们的爱注定是个悲剧！

虽然你已离我而去，
可我总在梦里见到你，
你的温柔已经刻在我心里，

余生我会把你慢慢地回忆!

如果你愿意,
来生我想早点遇见你,
让我们爱得酣畅又淋漓,
再也不会为爱而哭泣!

如果你真的愿意,
来生我想早点遇见你,
哪怕是风里来雨里去,
我也永远和你在一起!

爱的真谛

自从遇见你，
我的人生充满了甜蜜，
相知的日子都是传奇，
你让我懂得了爱的真谛。

爱不是肉体的占据，
爱不是感情的依赖，
爱不是不停地索取，
爱不是互相的猜忌。
爱是情与情的共振，
爱是心与心的相印，
爱是灵魂和灵魂的共舞，
爱是生命和生命的激励。

如果没有你，
我将无法呼吸；
如果没有你，
我将找不到奋斗的勇气！

虽然斗转又星移，
我和你却不离又不弃；
虽然南山与北海有距离，
你和我的心儿却永远在一起！

爱情的力量

我问你，
爱情有多大的力量？
你微笑着说：
爱情可以战胜死亡！

祝英台跃入了梁山伯的墓中，
两只蝴蝶飞舞在春天的花丛；
牛郎千里迢迢飞上了九霄，
只为鹊桥上把织女来找；
卓文君为了她的司马相如，
竟然在半夜里和他驾车私奔；
为了救出自己心爱的人，
不惜水漫金山的是那白素贞！

自从遇见了你，
我的心不再惆怅，
我的眼睛变得更加明亮；

自从喜欢上了你，
我的爱不再彷徨，
我的斗志变得更加昂扬；

自从爱上了你，
我的情不再迷茫，
我的人生变得更有担当；

自从迷恋上了你，
我的感情不再凄凉，
我的世界充满了阳光！

我和你在网络里相爱

我和你在网络里相爱，
晨曦中你婷婷袅袅地走来，
宛如天边飘过的一朵云彩，
轻轻地投影在我孤独的心海。

我和你在网络里相爱，
我们无拘无束地聊天，
互相倾诉着各自的悲哀，
一起憧憬着美好的未来。

我和你在网络里相爱，
你总是说我很坏很坏，
其实我是为了逗你开怀，
更想让你永远地感到愉快。

我和你在网络里相爱，
总是感觉日子过得那么快，
在这滚滚红尘里啊，

你和我犹如两粒小小的尘埃！

我和你在网络里相爱，
你永远永远是我的小可爱！

我要去见你

我要去见你，
我一遍遍地问自己，
见你能有什么意义，
会不会只是爱情的游戏？

你问我为什么要见你，
我不能忍受一首诗的距离，
我也不能忍受一个屏幕的距离，
我更不能忍受那一米月光的距离！

你问我怎么去见你，
我不想坐高铁去寻你，
我不会乘着飞机去看你，
我要步行去见你！

不在阳光明媚的日子里，
不在月光融融的夜色里，
要在风萧萧的时刻去见你，

要在烟雨蒙蒙中去见你!

你问我见你干什么,
我只想和你浅浅地相拥,
我只想和你漫步在湖边,
我只想和你一起看那夕阳坠入云海里!

不,这些都还不够,
我还想和你一起跳支舞,
我还想和你一起歌唱,
我还想和你一起轻轻地合诵:
生命诚可贵,爱情价更高!

你问我见面后怎么办,
见你后我会悄悄地转身离开,
绝不会带走一片云彩;
见你后我不会再为你哭泣,
见你后我会在梦里把你回忆,
见你后我会祈祷来生早点遇见你!

记忆中的菊花

你是我记忆中绽放的菊花，
我的心就是你温暖的家。
每当夜深人静的时候，
我就会不由自主地想起你。

那菊花甜了诗人的梦，
那菊花香了游子的茶，
那菊花绽放在陶渊明的东篱边，
那菊花铺展在齐白石的画笔下。

你在秋风中饮着露水，
你在冬天里拥抱雪霜。
即使生命凋零了，
你还是在倔强地散发着暗香。

你是我记忆中绽放的菊花，
我的心就是你温暖的家。
你滚烫的心将我冷漠的眼神融化，
我们一起在寒风中追寻春天的步伐！

树　洞

有的话，无人可说；
有的人，无话可说。

——陌上公子

我有一个树洞，
里面有我的爱情。
虽然往事已经随风，
但那里面还有你的身影。

我有一个树洞，
里面有我的伤痛。
虽然我对你很忠诚，
你却和别人暧昧不清。

我有一个树洞，
里面有我的哭声。
或许你真的听不懂，
但你还是夜空中的那颗星。

我有一个树洞，
里面早已飘雪结冰。
我用泥巴将它尘封，
祈祷自己能够再次获得新生。

人生的模样

曾经一直迷茫，
人生应该是什么模样？
如今已经白发苍苍，
我的心才终于豁然开朗。

风儿说：
你的精神应该像我一样自由；
大树说：
你独立的人格和我一样优秀；
白玉兰笑道：
你的灵魂应该和我一样高贵；
莲花唱道：
你那纯洁的心灵是多么的美。

会须一饮三百杯，
多么狂放的自我陶醉；
归去，也无风雨也无晴，
若论洒脱除了东坡还有谁？

采菊东篱下，悠然见南山，
那是陶渊明教给我的恬淡；
五十多万字的《史记》，
让我懂得了对追求的执着。

脸上洋溢着自信的微笑，
在生命的绝境中学会顽强。
善良和骨气在血液里流淌，
任何时候都不能放弃高尚的信仰。

左手托着人间烟火，
右手攥着诗和远方。
年轻时来一场轰轰烈烈的恋爱，
暮年时享受天伦之乐的愉快。
朋友，
这就是我追求的人生模样。

我想化为一缕夏风

我不想是你的空调，
用到时才把我想起。
不需要我的时候，
你就无情地把我忘记。

我也不想做你的手机，
虽然被你握在手里，
可我可怜的身份啊，
只不过是你的一个玩具。

我更不想成为你的夏蝉，
在树枝上冒着酷暑，
终日不停地为你歌唱，
可你从来就没有看过我一眼。

我想化为一缕夏风，
从江南一直吹到塞北。
不顾一路一身的疲惫，

只为黄昏时能够和你约会。

我还想化作苍穹的星星，
在你梦到我的夜晚，
悄悄地来到你床前，
看看你夏夜的梦有多么的甜。

我更想是你书桌上的台灯，
每当夜幕降临的时候，
如果你拿起笔写我的话，
我就可以陪你到又一个黎明。

如果我有一支神笔

如果我有一支神笔，
我想画一处世外桃源，
里面有风花雪月，
还有快乐的我和幸福的你。

你快听啊，
为你歌唱的是那淙淙的小溪；
你快看呀，
小溪中怒放的睡莲多么像你；
你发现了吗？
莲叶下还有锦鲤在欢快地嬉戏！

昨天下了场小雨，
湛蓝的天空犹如水洗。
真的想和你一块做游戏。
你快点儿告诉我，
是想去院子里投壶呢？
还是去山脚柳荫下蹴鞠？

我还想告诉你，
一年四季都想陪着你。
春天赏樱花飞入小溪，
夏夜看那流萤飞舞，
重阳节一起登高赏菊，
大雪纷飞的晚上就围炉夜话。

梦中的大海

你是我梦中的大海，
夜半时悄悄地涌来。
我想欣赏你的时候，
你却面带羞涩地离开。

那金黄柔软的沙滩，
总是令我无限地喜欢；
湛蓝湛蓝的海水啊，
清澈得犹如你的双眼；
汹涌澎湃的海浪啊，
向我诉说着你的从前。

我多想成为一艘小船，
在你温柔的胸怀里探险；
我多想成为一只海鸥，
在你宽广的天空里盘旋；
我多想成为一阵海风，
轻轻地拂过你灿烂的笑脸。

我还想掬一捧海水，
尝尝你的滋味是苦还是甜；
我还想坐在你的身旁，
欣赏那被夕阳染红的远山；
我还想在这月色里，
听听你身边那些情人们的呢喃。

每当想你的时候

每当想你的时候，
我就问问月亮，
现在的你究竟在何方，
你可看得见我眼中的泪光？

每当想你的时候，
我就问问星星，
对你的思念究竟有多长，
你是否能感受到我的目光？

每当想你的时候，
我就来到花园里，
在那条小路上独自彷徨，
把对你的思念悄悄地埋葬。

每当想你的时候，
我就举起酒杯，
将月光和美酒一起，
快乐又痛苦地品尝！

如　果

如果你是秋天的晨光，
我甘愿是荷叶上的露珠。
在你温暖的照耀下，
升腾成空中美丽的云雾。

如果你是秋天的晚风，
我甘愿是红枫的树叶。
伴随着你轻盈的脚步，
在白云下和你一起共舞。

如果你是秋天的细雨，
我甘愿是那株芭蕉树。
让你为爱哭泣的泪珠，
找到她永远的心灵归宿。

如果你是秋天的明月，
我甘愿是东流的江水。
让你那风姿绰约的身影，

投射在我柔软的波心中。

如果你是秋天的夜晚，
我甘愿是草丛中的小虫。
用我微弱低沉的声音，
唱出对你的无限深情。

如果你是秋天的菊花，
我甘愿是飞舞的蝴蝶。
哪怕你的花蕊已经枯萎，
我也会在你的枝头停歇。

错　觉

我热烈地追求你时，
你却无情地拒绝了我，
我只好含着泪离开了你。
当我不是你眼中的风景时，
你却忽然告诉我，
你不过是在考验我。

因为我深爱着你，
我便以为你也深爱着我。
直到有一天，
我看到你的世界里全是他。
我才忽然明白，
你爱我不过是我的一种错觉。

你活在什么里

有的人活在牌桌上，
有的人活在酒局中，
有的人活在花丛里，
有的人活在烟雾中。

清风陪伴着明月，
荷花期盼着蜂蝶，
梅花拥抱着飞雪，
故事等待着黑夜。

我躲在你的诗中，
我藏在你的眼中，
我住在你的心里，
我笑在你的梦里。

亲爱的，
今夜我想问问，
你活在什么里？
你活在什么里呢？

我用诗歌去歌唱

我用诗歌去歌唱，
歌唱祖国的大好河山，
写尽长江与黄河的奔腾不息，
还要写尽五岳的险峻和秀奇。

我用诗歌去歌唱，
歌唱宇宙的神奇与无边无际，
写尽太阳的无私与热烈，
更要写尽月亮和星星的相依。

我用诗歌去歌唱，
歌唱这人间的亲情、爱情、友情，
赞美亲情是多么的珍贵，
还要赞美爱情是多么的浪漫唯美。

我用诗歌去歌唱，
歌唱这个伟大的时代，
讴歌我们快乐幸福的生活，
更要讴歌我们善良伟大的人民！

我用诗歌去歌唱，
歌唱我和你的相遇一场，
即使情深缘浅不能白头到老，
想你的时候我也会露出甜蜜的微笑。

过　往

蝉不知道还有冬天，
她从未见过雪花翩跹。
蝉儿似乎有点儿可悲，
但她不用忍受冬天的严寒。

睡莲不知道还有月光，
因为黄昏前她已把心窗关上。
她的生命中只有太阳的光芒，
惊艳的妩媚只为那东君绽放。

我不知道你的过往，
也不想让自己的心儿受伤。
你我在红尘中相遇一场，
这已经是我们生命的高光！

我的心一路向北

早知如此绊人心，
何如当初莫相识。

——李白

我的心一路向北，
任凭他雨打风吹，
我也不会感到累。
只求你再给我一次机会，
不要让我这么狼狈，
这么狼狈。

我的心还是向北，
流着泪去追求你的美。
曾经的我伤了你很多回，
现在的我心里真的很惭愧。
没有你的日子啊，
我的情绪简直要崩溃。

我的心永远向北，
日日夜夜盼着你回归，
爱情里其实没有谁错与谁对。
请你忘了过往的伤悲，
和我一起再续爱情的纯粹，
不要让我的相思随着秋风满天飞。

白 云

从北方吹来的秋风，
捎来你对我深情的思念。
往南飞的那只大雁啊，
它要经历怎样艰难的征程？

夜里飘落的点点秋雨，
是我想你时坠落的泪珠。
窗外的桂花悄悄地绽放，
我已经闻到了你幽幽的芬芳。

秋天的天空，
是那么的高远空旷。
我多想化作一片白云，
乘着这秋风的翅膀，
飞到你所在的远方。
哪怕你从来不知道，
这片白云内心的淡淡忧伤！

如果你不爱我了

如果你不爱我了，
请你一定告诉我。
虽然我心里会很难过，
但表面上也会装作很洒脱。

如果你爱上别人了，
请你也一定告诉我。
虽然我心里万分的不舍，
我也绝不会再纠缠你片刻。

如果又有人追求你，
请你更要告诉我。
虽然我心里酸酸的，
我也要祝福你们坠入爱河。

如果你感觉爱得太累，
请你还是要告诉我。
我会悄悄地转身离去，
在无眠的夜里唱一曲爱的葬歌。

爱的盛宴

每天的清晨，
你都摆下爱的盛宴，
浪漫的诗词是那么甜蜜，
天使般的玉照让人惊奇。

所谓的诗人来了，
所谓的艺术家来了，
春风也来赴宴了，
喜鹊也来欢歌了。

诗人奉上他的诗篇，
艺术家献上他的作品，
春风送来他的温暖，
喜鹊捧上他的羽毛！

我也想去凑个热闹，
就把城堡的大门去找，
在外面转了三天三夜，

却只能勉强听到城堡里的欢笑。

既然你不欢迎我的到来，
我只好趁着夜色悄悄地逃跑！

相约九月

我和你相约九月，
在黎明的时候出发，
一起去看漫山的枫叶，
让我们在枫叶上把真爱写下。

我和你相约九月，
一起聆听熟悉的音乐，
在那音乐的优美旋律里，
回忆我们曾经的浪漫。

我和你相约九月，
带上我们真诚的感恩，
一起在教师节里看望老师，
给老师讲讲我们奋斗的故事。

我和你相约九月，
约上诗仙和东坡，
在中秋节的月色里，

一起为伟大的新时代畅饮高歌！

我和你相约九月，
在凉爽的秋风里，
来到繁忙的田间地头，
一起在丰收节里把希望收割！

我和你相约九月，
用那刚刚收获的高粱，
酿成最美的相思酒，
一起醉倒在夕阳染红的山沟沟！

只是盼望

其实，
我从来不敢奢望，
奢望能和你共度沧桑。

其实，
我从来不敢设想，
设想能与你相爱一场。

我只是，
只是盼望，
在滚滚红尘中，
我是你深深眷恋的远方。

我只是，
只是盼望，
在你孤独无眠的深夜，
你还会把我痴痴地念想。

辑三

相惜

你说，

我是你的唯一；

我说，

你是我的传奇；

我说，

你住在我的心里；

你说，

我躲在你的梦里……

那轮山月

今夜，
我乘秋风而来。
来到西山，
只为与你相见。

那轮山月，
在栾树的枝上高悬。
我们对望一眼，
山月便羞红了脸。

我和你，
来到山溪旁边，
听山溪弹奏，
弹奏我们的爱恋。

隐约中，
一只麋鹿忽然闪过。
我真的不知道，
奔跑的它是否饥渴。

距 离

我在河的此岸，
你在河的彼岸。
一条奔腾的大河，
将我们阻成了遥远。

我在山的这边，
你在山的那边。
一座挺拔的高山，
将我们隔成了永远。

你在黑夜里呼唤，
将爱我的声音传来。
虽然看不见你的容颜，
可我们还是那么缠绵。

窗外的桂花盛开了，
我沉醉于她的清香。
此时的你一定还在忙，

我只能遥遥地把你来想。

你说你住在我的心房，
我说我住在你的胸膛。
我们两颗相爱的心啊，
中间只隔着一米的月光。

我和你的距离，
其实并没有多长。
如果你愿意，
我就用一生去慢慢地丈量。

钓

三千年前，
姜太公在磻溪岸边，
凭自己的抱负和才华，
用那无饵的直鱼钩，
将周文王钓上了岸，
一生的荣华富贵才得以实现。

今天的我，
在九曲回转的黄河岸边，
用那新鲜的蚯蚓为饵，
把黄河大鲤鱼钓上了岸，
然后又将它放回水里面，
只是想让自己活得自在和悠闲。

今天的你，
在茫茫人海中，
想靠国色天香的容颜，
想靠诗词的深情无限，

想靠所谓的甜蜜谎言，
把自己的如意郎君钓到面前。

露　珠

夕阳坠入云的怀抱，
秋风在旷野上奔跑，
秋雾弥漫在半山腰。
趁着月亮打盹，
水雾偷偷地凝结成，
草叶上的露珠。

太阳从海中升起，
用他的热情把露珠照耀。
无数的水分子向空中飘，
草叶上的露珠啊，
早已经无处可找，
只剩下草叶在秋风中轻摇。

露珠的生命，
是如此的短暂，
生命的绽放也不过一个夜晚。
听到我的感叹，

露珠悄悄地附耳说：
亲爱的别伤心了，
明晚我还会为你出现。

爱的迷魂汤

你给我灌下爱的迷魂汤，
让我的小船在爱河中，
迷失了他原来的航向，
不顾一切地驶向有你的远方。

你给我灌下爱的迷魂汤，
让我心甘情愿地跳进你编织的情网。
你的任性霸道把我弄得遍体鳞伤，
可我还是忍不住朝朝暮暮地将你偷想。

你给我灌下爱的迷魂汤，
想你的夜晚我喝得醉倒在马路上。
思念的泪水啊顺着脸颊无声地流淌，
晶莹的泪珠颗颗都是那么滚烫。

你给我灌下爱的迷魂汤，
我每天都听见你在为爱情而歌唱。
你的歌声是那么哀怨和悠扬，
每次听完我都会充满惆怅寸断肝肠！

共赏今夜的月光

来吧，
我的少年郎，
美酒已温上，
只等你来，
共赏今夜的月光。

来吧，
我的少年郎，
月饼已捧上，
只等你来，
一起看那红月亮。

来吧，
我的少年郎，
葡萄已摆上，
只等你来，
一起嗅那月桂香。

来吧，
我的少年郎，
我的心已不再彷徨，
只等你来，
一同将美好的未来畅想。

曲中人

窗外的夜色已深，
昏暗的灯下只有我一个人。
反反复复听着你唱的那首歌，
不知不觉我脸上又留下了泪痕。

虽然我爱你爱得那么深，
可却没有了拥有你的资本。
你总是哭着对我说，
让我此生做你的曲中人。

我心里清楚，
早晚你也不会是我的枕边人。
你总是问我心里对你恨不恨，
我骗你说只是恨那老天和红尘。

你心中明白吗？
你是我今生的心上人。
虽然我不能陪伴在你的左右，
但我是你今世永远不落的星辰。

要写相思

你要写相思，
就不能只写相思。

你要写衣带渐宽，
你要写伊人憔悴。
你要写春蚕到死和红烛垂泪。

你要写是谁在江南的渡口，
撑着那把碎花油纸伞，
在烟雨中独自凝望。

要写今夜月满西楼，
要写那满树的红豆，
和滚滚东去的春江水流。

还要写那泪水浸湿的枫叶，
和枫叶上颜筋柳骨的锦字，
以及传信的鸿雁，

和那随风飘扬的蒹葭柔絮。

甚至是，
日近长安远。

十字路口

如果，
你真的爱过我，
你应该，
还记得那个十字路口。

在那个，
枫叶飘零的晚秋，
在那个，
开满野菊花的十字路口，
你向我挥起了道别的右手。

你还记得吗，
当时的我，
折了一朵红色的野菊花，
轻轻地嗅了嗅，
才悄悄地递到了你的左手。

你转过身去，

一步三回头地消失在晨雾中。
你可能并未看见，
我的脸上有两行泪珠在流。

我耗尽了笔墨

我耗尽了笔墨，
想在这滚滚红尘之中，
觅到两个心灵的契合，
一个是你，一个是我。

我耗尽了笔墨，
描绘你的绝世姿色，
勾勒你的青春轮廓，
得到的却是你的冷漠。

我耗尽了笔墨，
书写自己的半生蹉跎，
诉说自己的失魂落魄，
终于明白了这人情凉薄。

我耗尽了笔墨，
歌唱平凡的人间烟火，
感叹爱情的悲欢离合，

只为让你明白我们都是过客。

我耗尽了笔墨，
聆听时光里的樱开梅落，
再现那历史的波澜壮阔，
只为让你看到这盛世的中国。

我耗尽了笔墨，
不停地对你啰唆。
而你给我的回答啊，
只不过是月光下深深的沉默。

人生如戏

小时候，
常跟着妈妈去看台子戏。
记得有白脸、红脸、花脸和青衣。
让小小的我感到非常好奇。

如今啊，
在头条的大舞台上，
我和那些人一起看你唱戏。
你用你的诗词来卖弄自己的灵魂，
你用你的美貌来换取自己的生计，
而那些看戏的人们全都对你入了迷。

其实，
我们的人生也是在演戏和看戏，
演员和观众都是我们自己。
只不过啊，
我们只顾着去看别人的好戏，
却独独忘记了欣赏自己的天地。

我是一条小河

我是一条小河，
从大山的身旁绕过。
大山高傲地对我说：
我不想再听你终日唱歌。

我是一条小河，
从森林的怀中流过。
森林轻蔑地对我说：
你的人生是如此坎坷。

我是一条小河，
从兰花的脚下流过。
兰花高兴地对我说：
我想在风中坠入你的柔波。

我是一条小河，
从你的眼前流过。
你羞涩地对我说：

你可知道我黑夜里的寂寞？

我是一条小河，
不在意自己能否汇入大海。
我只在意，
明年的秋天你还会不会为我再来！

浪漫四重奏

一

月亮沉入了海底，
星星隐到了云里。
时光藏匿了踪迹，
我在等你的消息。

二

我将玫瑰藏于身后，
花刺扎伤了我的手。
你的眉眼如此温柔，
我想和你暮雪白头。

三

山茶花不懂白玫瑰，
白天啊不懂夜的黑。
星星陪着红烛流泪，
我们的爱怎么收尾？

四

黄昏是海溢出来的思念，
菊花是你迎接我的笑脸。
秋风捎来你对我的问候，
我对你的眷恋刻在眉头。

相　遇

我和你的相遇，
不知是幻还是真。
你说以你心换我心，
可我从来没见过你本人。

你和我的相爱，
不知是虚还是实。
我们的海誓山盟，
美得就像雨后的彩虹。

我们的爱情，
不知是醉还是醒。
残酷的现实让你退缩，
爱情的童话终究随了风。

我们的分别，
不知是喜还是悲。
愿你此生能遇君子，
就让我自己相思成灰。

隐　痛

曾经的你，
是我的骄傲。
我很喜欢，
在朋友面前把你炫耀。

炫耀你的诗词，
炫耀你的容貌，
炫耀你的可爱，
还有你浅浅的微笑。

后来啊，
只有在梦里，
才能把你觅到，
醒来后却又徒增烦恼。

而如今，
你是我心中的隐痛。
只有在夜深人静时，
我才敢将你轻轻地触碰。

心　事

我是一朵睡莲，
夏天的我，
是多么的娇艳，
每天都有很多人把我来看。

虽然你来得很晚，
但听到你的赞叹，
我的心里，
还是涌起了无限的喜欢。

我是一朵睡莲，
秋天的我，
禁不住秋风秋雨的摧残，
早已没了昔日的容颜。

我的叶已经枯萎，
我的花已经凋零，
我的莲蓬也没了踪影，

看我的人们也都随了风。

只有你，
也只有你，
每天还来到我的身边，
在风中默默地把我来看。

其实，
我知道你的心事。
正如，
你也知道我的心事。

漂流瓶

我向大海中，
投入一个漂流瓶。
装点许愿沙，
再放入许愿纸。

写上我对你的爱慕，
写上我对你的思念，
还要写上黄昏时，
我的寂寞与孤独。

让我的漂流瓶，
乘着海风，
随着海浪，
飘向你所在的远方。

我的漂流瓶啊，
请你不要沉入海底，
请你不要被鲸鱼吞食，

请你不要被海藻缠住。

而是，
恰好漂流到你的面前，
被好奇的你捡起。
我能想象到你的惊喜，
因为，
你正在阅读我写给你的秘密。

虽然我们的相遇，
是那么的偶然，
但这正好说明了，
你和我，
今生有缘。

那一瞬

那一天，
你我在阡陌遇见。
只是看了你一眼，
我便彻底地沦陷。

那一月，
你我开始了热恋。
虽然我们夜夜聊天，
思念还是开始泛滥。

那一年，
我触碰了你的指尖，
你给了我春天的温暖，
我们的爱意在空中弥漫。

那一夜，
你突破了底线，
我放弃了原则，

我们的灵魂飞上了云间。

那一瞬，
风是那么的轻，
云是那么的淡，
月亮也羞得红了脸。

那一生，
你是池中的睡莲，
无论绽放还是凋零，
我都会把你深深眷恋。

我用自己的方式爱着你

我用自己的方式爱着你，
从来没想过你是否会在意。
我用自己的温柔对待你，
从来不想让你对我有歉意。

见与不见，
早已经不再是什么问题；
见与不见，
我的心都不会悲伤不会欢喜。

你来与不来，
我的爱都在这里等你；
你来与不来，
我的情都在这里待你。

我已不想爱的结局，
哪怕一个向东一个向西；
我已不想爱的结局，

哪怕一个背影模糊一个背影清晰。

我遥望着远方，
思念的潮水再次涌起。
我在梦里不愿醒来，
因为梦里有你我太多的甜蜜。

悠扬的旋律再次响起，
那可是你在深夜的哭泣？
翩翩的舞蹈再次跳起，
那是你在向我诠释爱的意义。

落　叶

一阵秋风吹起，
树叶被吹落在地。
又一阵秋风吹来，
她再次被秋风吹起。

树叶被秋风裹挟着，
在空中无奈地飘舞。
我分明听到，
她在轻轻地叹息。

她在叹息什么呢?
或许是在慢慢地回忆。
回忆曾经的辉煌，
回忆浪漫的往昔。

早春的夜里，
树叶悄悄地来到这个世界。
人间的美丽，

瞬间让她感到无比惊奇。

盛夏的时光里，
树叶绽放着自己的新绿。
虽然是红花的陪衬，
可她还是感到自豪无比。

阴冷的秋风再次吹起，
落叶飘向了远方。
或许她真不知道，
自己的未来会在哪里。

望着模糊的落叶，
心中涌起了万千思绪。
那片落叶啊，
是多么像我自己！

灵魂的量子纠缠

在滚滚红尘中，
你匆匆地走过我的面前。
我只是多看了你一眼，
便在你的双眸里彻底地沦陷。

但你我生活在不同的空间，
我们是两条无法相交的异面直线。
那世俗的无情枷锁啊，
让我们永远都无法相见。

深深相爱的我们，
幸好还有灵魂的量子纠缠。
你我的灵魂，
犹如两个有着感情的粒子一般。

虽然两个粒子的距离，
是那么遥远。
可是它们的纠缠却可以，

同步同时地在平行宇宙中秘密互传。

无论是白天，
还是夜晚，
只要你一想我，
我的心里就会涌起爱的波澜。

无论是今夕，
还是何年，
只要我一许下爱的诺言，
你就会感到春天般的温暖。

我只要你给我一个微笑

我只要你给我一个微笑，
像玫瑰花一样妖娆，
如春天般温暖，
它就能将我所有的烦恼赶跑。

我只要你给我一个眼神，
那眼神中爱意深沉，
那眼神中风情万种，
它让我感受到我们爱的纯真。

我只要你给我一次拥抱，
把我拥入你的怀中，
什么也不说，
它让你和我的情瞬间成为永恒。

我只要你给我一次抚摸，
用你的纤纤玉手，
温柔地滑过我的每一寸肌肤，
它能化解我想你时的无限忧愁。

我想有位知音

我想有个书房，
将唐风宋韵收藏，
闲来品着茉莉花茶，
在诗山词海里尽情徜徉。

我想有个农场，
种上一片郁金香，
在春天的黄昏时分，
和你一起去嗅花的芬芳。

我想有位朋友，
把快乐与她分享。
无论谁有困难，
我和她都会共同担当。

我想有位知音，
她喜欢我的为人，
我懂她的心，
让那寒冬也变成温暖的春。

我偷了黄昏的酒

我偷了黄昏的酒，
邀明月一醉方休，
明月含羞地说：
俺要和星星一起走。

我偷了黄昏的酒，
独自饮下孤独的愁，
微醺的我，
摇摇晃晃走在深夜的街头。

我偷了黄昏的酒，
醉倒在寒凉的晚秋，
梦中的我呀，
再次享受你曾经的温柔。

曾几何时，
我说要和你一生相守。
你说要与我永伴左右，

可残酷的现实逼迫我们分了手。

既然你选择了远方，
我又何必苦苦地挽留。
为了美好的明天，
就让我们在天涯海角相安。

今夜月光如水，
思念如那黄河奔流。
我在郑州的高楼上，
向你所在的远方深深地凝眸。

相逢是首歌

相逢是首歌，
我和你邂逅在春天。
你的美丽，
惊艳了我寻觅的双眼。

相逢是首歌，
你和我相遇在阡陌。
你的温柔，
犹如那条淙淙流淌的小河。

相逢是首歌，
人生之路上有你也有我。
为了美好的生活，
我们一起经历了太多的坎坷。

分别也是一首歌，
纵然万水千山相阻隔，
纵然漫漫的长夜很寂寞，
我知道你的梦里一定会有我。

你的眼睛

你的蛾眉，
宛如青山蜿蜒。
那山中的青草啊，
永远都是春意盎然。

你的睫毛，
好像蝴蝶的翅膀。
只要她轻轻地扇动，
就会让我爱得格外痴狂。

你的眼睛，
如一双碧潭。
潭水是那么清澈，
连我的影子都清晰可见。

你的眼神，
是温柔的弯钩。
只要我看你一眼，

就会把我的魂儿勾走。

你的双眸，
似夜空中的星星。
它是那么明亮，
又是那么妩媚多情。

你的眼睛，
深邃得如大海一般。
我总幻想着，
在那波涛中泛舟扬帆。

楼兰姑娘

楼兰姑娘，
你只在梦中出现，
脸上蒙着红色的薄纱，
头上别着美丽的银簪。

我曾穿越万水千山，
一步一步地走向你，
在丝绸之路上风餐露宿，
只为一睹你绝世的容颜。

经历了千难万险，
我终于来到了孔雀河畔，
只看到了罗布泊的黄沙漫漫，
一棵枯死的胡杨惊呆了我的双眼。

我知道你在黄沙下酣眠，
你已沉睡了一千多年。
我在夕阳的余晖里把你呼唤，

回声在风中传向了敦煌的云天。

《史记》里有你的线索，
唐诗中有你的身影，
我只能穿越时空的隧道，
在文字的怀抱里和你相约。

楼兰姑娘，
无论我多么爱你，
我也无法，
在今生的时光里和你相见。

送你一片银杏叶

送你一片银杏叶，
在它上面，
写上对你的深深思念，
写下对你的无限眷恋。

送你一片银杏叶，
你可以做成书签。
然后把它夹在书中，
想我的时候就拿出来看看。

送你一片银杏叶，
你可以制成合欢扇，
无论春夏秋冬，
你都可以把它开心地把玩。

送你一片银杏叶，
你可以制成标本，
把我对你的爱，
在心中永久地保存。

你是一本书

你是一首诗，
诗中景美情甜。
对你的感觉很浪漫，
心中的温暖犹如那春天。

你是一本书，
读你千遍也不厌倦。
你是永恒的经典，
我要用一生才能慢慢读完。

你是一部小说，
明明知道都是虚幻，
可曲折的情节，
还是紧紧地吸引了我的视线。

你是甲骨文，
虽然晦涩玄妙，
可我还是，

下定决心把你认真地苦苦钻研。

读你，
是我今生的执念；
读你，
也是我今世幸福的爱恋！

我永远不会恨你

水煮鱼，
其实是对鱼的成全；
风吹落花，
其实是对花的缠绵；
火点燃香烟，
其实是对香烟的爱恋。

我永远都只会爱你，
焦急地等待着你的消息，
日日关心着你的身体，
夜夜对你说着甜言蜜语，
经常用小礼物带给你惊喜，
用我的耐心忍受着你的小脾气。

我永远都不会恨你，
与你的美丽相遇，
是我生命里的奇迹；
我对你的付出，

是我对真爱的诠释，
只求你别笑我太傻太痴。

你不要觉得对不起我，
假如我不再是你眼中的风景，
你也将永远住在我的心中；
假如我不能陪你到最后，
你也要记得我曾经陪了你一程；
你和太阳一起照亮了我的生命！

和你一起去远方

我想和你一起去远方，
奔赴我们真爱的方向，
寻找那有诗意的地方，
在这个夏季里共流浪！

我想和你一起去西藏，
到布达拉宫领略藏族的风情，
攀登卓木拉日雪山，
坐在纳木错湖畔看那湛蓝的天空。

我想和你一起去三亚，
在沙滩上迎着海风共沐浪花，
高唱着情歌冲浪到海角天涯，
在椰梦长廊定格落日的一刹那！

我想和你一起去云南，
品着普洱茶在大理憧憬未来，
陪你到风花雪月的苍山洱海，

但求画卷里只有你我同在！

我想和你一起去远方，
远方有我们共同的梦想，
只要一直有你在我身旁，
我就不怕流浪的路坎坷漫长！

我爱这片土地

我爱这片土地，
因为，
它不仅风景美丽，
还为人们解决了生存的问题。

我爱这片土地，
因为，
祖祖辈辈都生活在这里，
田野上还有先人们留下的足迹。

我爱这片土地，
如果，
我是一只小鸟，
我也会为它深情地歌唱！

我爱这片土地，
如果，
我是一条小河，

我也要和它幸福地相依！

我爱这片土地，
如果，
我是一场春雨，
我也会把它滋润和冲洗！

我爱这片土地，
因为，
最重要的啊，
这片土地上有个你！

相别

辑四

我爱着你，
你也爱着我，
可我们无法冲破那世俗的藩篱。
天下没有不散的宴席，
你的世界里曾经有过我，
我的生命里曾经有过你……

梅雪绝恋

我是梅花，
你是雪。
在每个寒冷的冬季，
我和你都虔诚地相约。

为了你的到来，
我在三九天盛开，
绽放出我最美的姿态，
张开我那温暖如春的胸怀。

你为了投入我的怀抱，
不怕飞到高高的九霄，
不顾千山万水路迢迢，
无论多么艰难也要把我来找。

终于，
在凛冽的寒风中，
你飞入了我的怀抱，

我们相拥着一起大笑!

不久,
温暖的阳光将你融化,
你化作一股股清泉,
把我的根无声地浇灌。

虽然,
你我的爱恋很短,
甚至连心里的话都没说完,
但我们纯洁的爱情值得永远怀念!

我是一条鱼

我是一条鱼，
自由自在地，
畅游在你的心海里。

虽然，
我只有七秒的记忆，
但记忆里全部都是你。

你说，
我没有为你流过泪，
那是因为你看不到我哭泣。

如果，
有一天你离我而去，
我将永远不能再次呼吸。

我只想，
潜入你的海底，

和你享受那鱼水之欢。

我是一条鱼，
在你心海里独自欢喜，
希望你能够把我好好地珍惜。

我在这个冬天爱你

我在这个冬天爱你，
飘雪时我愿为你披上棉衣，
黄昏时我愿和你看着夕阳并立，
回到家里时我愿与你幸福地偎依。

我在这个冬天爱你，
和你一起迎接那风霜雪雨，
和你一起在诗词的海洋里嬉戏，
和你一起把秋天的故事慢慢地回忆。

我在这个冬天爱你，
我要随着冬日的暖阳温暖你，
我要伴着冬夜的星星照亮你，
我要用那热情的火把点燃你。

妹妹啊，
你为了爱我受尽了各种委屈，
你为了爱我承受了许多痛苦，

你的奉献我都会一一记在心里。

妹妹啊，
为了爱你我会继续努力，
哪怕为你付出再多再多，
我也会心甘情愿在所不惜。

我在这个冬天爱你，
真的希望我们能够永远在一起！

自从有了你

自从有了你，
世界变得更美丽，
我等风也等雨，
等着你再次归来的奇迹。

自从有了你，
我才感受到黄昏时的孤独，
每一天我都看到九十九次日落，
还会看那夕阳照耀下奔腾的长河。

自从有了你，
我更羡慕屋檐下的那双燕子，
它们总是依偎在一起，
好像有说不完的甜言蜜语。

自从有了你，
我变得很努力。
因为只有不懈地奋斗，
你才会对我的真爱更加珍惜。

想你的时候

想你的时候，
我只能望望月亮，
因为，
那月亮就像你娇美的脸庞。

想你的时候，
我只能把美酒品尝。
因为，
醉后的梦里才有你的芬芳。

想你的时候，
我只能把歌儿来唱。
因为，
那歌中有你淡淡的忧伤。

想你的时候，
我只能把你的照片欣赏。
因为，

只有这样才能看到你的模样。

想你的时候，
我只能在花园里徜徉。
因为，
我想把对你的思念悄悄收藏。

想你的时候，
我就听听江水的流淌。
因为，
我要让鱼儿把问候捎向有你的远方！

凌晨三点的思念

不知道为什么，
我总是，
会在凌晨三点的时候醒来，
然后就会悄悄地想你。

此时此刻，
夜色朦胧，
天上闪着几颗星星，
还挂着那轮孤独的明月。

夜是那么的静，
静得可以听到自己的心跳。
我心里明白，
我的每一次心跳，
都是在深情地呼唤你的名字。

妹妹啊，
你说今晚你有个聚会，

要很晚很晚才能回家。
我想知道，
此时你是还在外面玩耍呢，
还是已经回到了家？

妹妹啊，
我想偷偷地告诉你，
刚才你又走进了我的梦里。
梦里，
你和我手挽着手，
又一起来到了梅园。
在梅园里，
我们并肩坐在那株梅树下，
在皎洁的月光下，
你为我弹起了《古相思曲》，
悠扬的琴声犹如潺潺的流水，
一直流到了我的心里。

一曲既毕，
你和我又一起举起了酒杯，
你面含微笑害羞地说道：
哥哥，
我想，
我想在头上簪一朵梅花。

我折下一朵含苞待放的花朵，

亲自插进你的发髻，
然后幸福地注视着你。
你轻声地问道：
是梅花美呀，
还是我美呢？

我正要回答你，
却忽然从梦中醒来，
我努力地寻找你的身影，
可是，
除了天上的月亮和星星，
只有我自己。

妹妹啊，
我知道你此时还在休息。
或许，
你也在做着一个甜蜜的梦，
但我不知道，
你的梦里有没有我。

冬天的美

冬天的美，
在于雾。
一切都变得朦朦胧胧，
一切都隐藏在雾的怀抱中。

冬天的美，
在于霜。
它白得好似月光，
让李白想起了自己的故乡。

冬天的美，
在于雪。
洁白的雪花从九天飞来，
将这世间的丑陋统统掩盖。

冬天的美，
在于梅。
梅花从不张扬，

只是悄悄地散发着自己的芬芳。

冬天的美，
在于松。
无论大雪怎么欺凌，
松的枝永远伸向湛蓝的天空。

冬天的美，
在于竹。
即使天气很冷，
竹也永远保持着头脑的清醒。

冬天的美，
在于太阳。
它虽然离我们那么遥远，
但还是慷慨大方地送来温暖。

冬天的美，
在于你。
因为你入了我的心，
我的生命里便四季都是春！

我不会对你说我很忙

我不会对你说我很忙，
因为你住在我的心上。
我的每一次心跳，
都是在为你深情地歌唱。

我不会对你说我很忙，
因为你是我冬日的暖阳。
如果没有你的光芒，
我的世界将充满忧伤。

我不会对你说我很忙，
因为你是我的快乐。
如果没有你在我身旁，
我的眼中就看不到任何希望。

我不会对你说我很忙，
即使真的有很多琐事缠身，
为了能够陪伴在你的左右，

我也会绞尽脑汁地把办法来想。

我不会对你说我很忙，
即使你对我产生了误解，
误认为我的事业心不强，
我也心甘情愿地继续伪装。

我不会对你说我很忙，
因为我深深地爱着你。
即使我真的很忙，
我在你面前也要把闲人来当！

请不要哭泣

你告诉我，
在深夜里，
倚在枕头上，
想我想得哭了。

你对我说，
在你的心里，
我是你的唯一，
没有人能够代替。

妹妹啊，
请不要哭泣。
因为，
思念是那么美丽。

亲爱的，
多少个夜晚，
你我互相诉说着甜言蜜语，

共同盼望着未来能在一起！

妹妹啊，
万水千山也隔不断我们的爱恋。
相信吧，
我们在春天里一定能够相见！

亲爱的，
请不要哭泣。
你应该庆幸，
咱们俩在这红尘的偶然相遇！

我期待与你重逢

那年的春天，
我和你相逢，
相逢在诗意的江南，
那时的樱花开得天真烂漫。

那年的夏天，
你和我一起去采莲，
那莲蓬装满了小船，
那莲花惊艳了我的双眼。

那年的秋天，
我们在渡口挥手说再见。
你就像天上飞翔的大雁，
瞬间飞出了我模糊的视线。

我期待与你重逢，
重逢在浪漫的春天。
让我再看看你的笑脸，
让你我把那浪漫的旧情再次点燃！

就算没有来日方长

就算没有来日方长，
我也感恩与你相遇一场。
你就像冬日的暖阳，
总是不断给我温暖与力量！

就算没有来日方长，
你也是我的诗和远方。
我的目光永远眺望你的方向，
因为你曾经给了我美好的梦想。

就算没有来日方长，
你也是我的终生难忘。
我们相亲相爱的点点滴滴，
早已在我的心底悄悄地收藏。

就算没有来日方长，
我也会铭记在一起的快乐时光。

即使你我不得不分手，
我们也要快乐体面地散场。

人间最美的风景

人间最美的风景，
是鸟儿翱翔在天空，
那只从北冥起飞的鲲鹏，
在南海留下了美丽的身影。

人间最美的风景，
是花儿摇曳在风中，
一场夜半忽来的春雨，
在黎明时留下一地落红。

人间最美的风景，
是骑着那匹骏马海东青，
在一望无际的草原上尽情驰骋，
洒落一路欢快的歌声。

人间最美的风景，
是锦鲤悠闲地游在水中，
它那只有七秒的记忆，

将一切惆怅都忘于东风。

人间最美的风景，
是夏天雨后出现的彩虹，
那是大自然最好的馈赠，
我甘愿做一名忠实的观众。

人间最美的风景，
是你我相遇在这红尘中。
我最大的愿望啊，
就是我们能够相爱一生！

去有风的地方

去有风的地方，
在这春光灿烂的季节，
我和你一起，
在蓝天白云下放飞梦想。

去有花的地方，
在那花香四溢的陌上，
你和我一起，
聆听知更鸟欢快地歌唱。

去有雪的地方，
在漫天飞舞的雪花中，
我们俩一块，
去花园里轻嗅梅花的芬芳。

去有月的地方，
在那皎洁的月光下，
肩并肩坐在山溪旁，

听任美妙的时光静静地流淌。

去有诗的地方，
你为我写一首诗，
我为你填一阕词，
让我们荡舟在诗词的海洋。

去有酒的地方，
邀上清风与明月，
叫上诗仙和刘伶，
一醉方休后梦回大唐。

去有茶的地方，
好友们一起品茶论道，
或者议论当今天下的大事，
慢慢品味人生的起伏升降。

如果你是河

如果我是月亮，
我愿将我的清光，
夜夜透过你的轩窗，
洒落你那孤独的心上。

如果我是星星，
我愿用那微弱的光，
照亮你昏暗的归程，
一路上陪着你快乐地前行。

如果我是太阳，
我愿在寒冷的冬天，
给你送去贴心的温暖，
为你驱走所有的风雪与严寒。

如果你是风，
我愿是天上的云，
当你吹起的时候，

我就会随着你尽情地奔腾。

如果你是花，
我愿是一只蝴蝶，
在我飞累的时候，
就落在你的花蕊上稍稍停歇。

如果你是河，
我愿是一块石头，
在你的怀抱中停留，
永远也不想被那激流冲走！

你在我的世界下落不明

我和你的相逢，
似乎是上天注定，
那段刻骨铭心的感情，
曾经让我们都无比感动。

从最初的陌生，
到花前月下的相拥，
那是你我互相征服的历程，
一路上我们尽享云淡风轻。

曾经，
我对你情有独钟，
你也把我看成与众不同，
我们拉钩立下了海誓山盟。

可你说我们的爱太沉重，
我也感到爱你并不轻松。
不知何时你开始故意疏远我，

为了尊严我也不再那么主动。

我们从熟悉又回到了陌生，
你在我的世界里下落不明。
在那枫叶飘零的晚秋，
我再也看不到你美丽的身影。

虽然我不知道你的行踪，
可是你偶尔还会走进我的梦中。
梦中的你还是那么温柔多情，
梦醒之后的我呀早已泪眼蒙眬！

英雄的告别

楚营的大帐中闪烁着几盏灯,
灯光下映出项羽孤独的身影。
凄凉的秋风中传来隐约的歌声,
歌声里透着楚人无奈的哀情。
在那无月无星只有风的黎明,
你率将士从垓下的汉军中突围成功,
只留下汉军将士的阵阵惊呼声!

慌不择路的你在阴陵迷了道,
你大笑着说二十八骑已不少!
田父的欺骗是无情的耻笑,
在你瞋目断喝下汉军的人马俱跑!
斩将刈旗是你最后的骄傲,
东城快战你是多么自豪,
你全然忘记了那枪箭已抵眉梢!

滔滔的乌江水呀将你东归的道路阻断,
为了尊严你竟拒绝了舣船相待的老亭长。

临死的关头你还在为虞姬和乌骓着想，
英雄美人啊在那乌江边上含泪唱和！
爱情的鲜血染红了哽咽的乌江，
那西天的红霞呀也痛断了柔肠。
两千年后的今天人们还在把你颂扬，
你将在历史的星空中永放光芒！

我们来人间一趟

我们来人间一趟，
养育我们的是爹娘，
无论今生走向何方，
我们都不能把父母遗忘。

我们来人间一趟，
年少时就应树立理想，
上马能够保卫祖国的边疆，
下笔能够写下锦绣的华章。

我们来人间一趟，
千万不能眼中只有碎银几两，
除了平平淡淡的人间烟火，
这世上还有浪漫的诗和远方。

我们来人间一趟，
不该负了这美好的时光，
即使历尽了坎坷和沧桑，

心中也要永远藏着那白月光。

我们来人间一趟，
莫要感叹人情的薄凉，
只要坚持不懈地奋斗，
就能活成人生想要的模样。

我们来人间一趟，
顺境和逆境都不会缺场，
如果遇到了豺狼，
请勇敢地举起手中的猎枪。

我们来人间一趟，
总要有点什么念想，
无论发生了什么，
也不能丢掉人性的善良。

我们来人间一趟，
不要有太多的奢望，
生命之火终有熄灭的时候，
但我们自由的精神将永放光芒！

端午节里到汨罗

经过九十九天的跋山涉水，
我终于在端午节这天，
来到了汨罗江的江畔，
只是为了看你一眼！
恍惚中我穿越到了两千三百年前，
楚国的山河处处弥漫着战火和硝烟，
你怀抱柔石投入汨罗江中，
你爱国的精神成了永远！

浪漫的诗人呀你快看，
为了纪念你家家户户青艾悬；
正义的大夫呀你快听，
为了悼念你龙舟竞渡鼓声传；
先生啊你可知道，
《离骚》和《九歌》有多少人在看？
先生呀你可知晓，
《天问》与《九章》有多少人在叹？

左徒啊你快瞧，
现在的中国有多好：
乡村与城市一样富饶，
高铁像光一样在飞跑。
我们中国人在世界的舞台上竞妖娆，
我们中国人个个都挺直了腰，
再也没有人敢把我们来嘲笑，
"一带一路"任我们去逍遥！

屈子啊你快闻一闻，
我今天给你带来了雪草香包；
屈子啊你快尝一尝，
我今天给你捎来了甜粽蜜枣！

屈原呀你可想到，
虽然你已离开了两千多年，
可在中国人民的心中，
还浮现着你可敬的音容笑貌！

先生啊我想告诉你，
请您从汨罗江中出来吧，
我想和您相拥着放声大笑，
然后一起共祝我们的祖国：
明天更美好！

我爱幻想

我爱幻想，
幻想和你一起去远方，
到世界上任何有诗意的地方，
哪怕是在春天里日夜流浪。

我爱幻想，
幻想你是夜空中的月亮，
每月十六的晚上，
我都对你悄悄地诉说我的忧伤。

我爱幻想，
幻想和你一起歌唱，
那首爱情之歌是那么的漫长，
可你照样陪我唱到地老天荒。

我爱幻想，
幻想我们手挽着手散步，
任那雪花飞舞冷风疏狂，

你和我忘记了岁月的沧桑！

我爱幻想，
幻想我是一只画眉鸟，
飞落到你窗前的樱花树上，
可以天天看到你新妆的模样。

我爱幻想，
幻想我是你书桌上的那盏台灯，
每当夜深人静你写我的时候，
我都为你奉献我全部的光芒。

请放过自己

请放过自己，
不要再为了那个人而痛苦，
既然她已经转身离去，
你又何必苦苦地折磨自己。

如果实在忍不住了，
你可以在失眠的夜里，
把你和她过往的点点滴滴，
在脑海中如放电影般地回忆。

你心里应该明白，
滚滚红尘中再好的关系，
走到最后啊，
也不过是一场美丽的相遇！

请放过自己，
不要再为了某件事而哭泣，
如果你还要过分地纠结，

最终受到伤害的只能是你！

在这个尘世中，
你遇到的人和经历的事，
都是命中注定的缘灭缘起，
你又何必过分地自责与惋惜！

你应该懂得，
无论生活中发生了什么，
都不必过分地悲伤与惊奇，
因为平平淡淡的生活还要继续！

我是你手中的香烟

我是你手中的香烟，
在你寂寞时与你相伴。
你轻轻地将我含在唇间，
用你最炽热的爱把我点燃。

我是你手中的香烟，
在你苦闷时来到你的身边。
你只需轻轻地一吐，
烦恼就会随着烟圈在风中飘散。

我是你手中的香烟，
用我的真情缠绕你的指尖。
陪伴你已经成了我的习惯，
我愿在你的手中幸福地燃烧完。

我是你手中的香烟，
虽然我们的相处是那么的短暂。
可是我如梦如幻的烟火，

却瞬间迷醉了你的双眼。

我是你手中的香烟，
虽然为你烧成了灰烬，
可我没有丝毫的遗憾，
因为我看透了红尘的离合聚散。

我是你手中的香烟，
那微弱的光照亮了你的脸。
你的表情悄悄地告诉我，
其实你的心底对我充满了爱恋。

你的照片

你的照片，
是我的手机壁纸。
因为，
我爱你已经接近了痴。

你的照片，
占满了我的相册。
喜欢，
你满脸酡红的颜色。

你的照片，
装在我的衣兜里。
思念泛滥的时候，
我就悄悄地看看你。

你的照片，
藏在我的心里。
今生今世，
它都让我感到无限的甜蜜！

我爱那座城市

我爱那座城市，
因为它是我祖先的居住地，
在隋唐时，
祖先曾在那里创造了辉煌。

我爱那座城市，
因为它历史悠久，
明清时期，
多少悲欢离合的故事都在那里上演。

我爱那座城市，
因为它风景秀丽，
山是它的脊梁，
水是它的眼波。

我爱那座城市，
更是因为你。
告诉你一个小秘密，
我每天都看你那里的天气！

春天是一首歌

春天是一首歌，
琴儿是那流淌的河，
风儿弹奏起了水波，
燕子用它的鸣叫来唱和。

春天是一幅画，
春神肆意地在大地上泼墨。
一片片田野都着了色，
这画美得我无法向你诉说。

春天是一首诗，
字字都是盛开的花朵。
春雨打湿了她的韵脚，
春阳温暖了她的眼窝。

春天是一场梦，
你我都是梦的过客。
梦里啊花前月下卿卿我我，
梦醒后却只能感叹那红尘的坎坷！

美丽的谎言

我不想拆穿你美丽的谎言，
因为你是我今生最深的爱恋，
即使你一遍遍地把我欺骗，
我对你的情意也心甘情愿。

我没有走进你浪漫的从前，
但我正享受你精彩的今天，
你的才华吸引了我的双眼，
我已在你的世界里彻底沦陷。

梦里你我坐在那三生石畔，
一起欣赏五月的烟雨江南，
丁香花的芬芳环绕着你我，
我多想让这一刻成为永远！

杜鹃的啼叫惊碎了我的梦幻，
放眼四望你已不在我的眼前，
手中只有一根放风筝的丝线，

想着你禁不住泪水涟涟！

我知道你谎言背后的万般无奈，
我也懂你酒杯中的千种心酸，
就让我傻傻地听着你的情话，
陪着你将我惨淡的余生走完！

亲爱的，
我真的不想拆穿你美丽的谎言！

我是一棵树

我梦想，
我是一棵树。
不是高贵的玉兰，
也不是痴情的橡树。

我骄傲，
我是一棵树。
春天沐浴着阳光，
秋季忍受着雨露。

我自豪，
我是一棵树。
夏日给人们阴凉，
四季都有鸟儿在上面住。

我快乐，
我是一棵树。
看尽世上多少事，

还能静听鸟儿将故事叙述。

我幸福，
我是一棵树。
即使有一天，
我真的摇身变为器物。

我是一棵树，
沉默无为的树。
只愿此生，
你能够在我身旁片刻驻足。

白天和黑夜

漆黑的，
白天，
人们戴上面具，
把自己典当给，
人间烟火与生计。

雪白的，
黑夜，
人们摘下面具，
无声地救赎，
自己的灵魂和肉体。

爱之殇三重奏

树与叶
你是一棵树，
而我，
是树上的一片叶子。

我与月亮
你是天上的明月，
我夜夜仰望着你，
你却普照着众生。

我与你
我深爱着你，
你却，
偷偷地爱着他。

忘了吧

你和我的过往，
就像是一场烟花，
更似满天的星雨落下，
绚丽得连春天的花儿都很惊诧。

请你忘了吧，
忘了我把你的玉颜画，
忘了我对你说过的话，
忘了我想你时那满眼的泪花。

让我忘了吧，
忘了你为我唱的歌，
忘了你给我写的字，
忘了你为我作的诗和词。

让我们忘了吧，
我们一起吹过的风，
我们一起淋过的雨，

我们一起赏过的雪，
我们一起走过的路，
还有我们内心痛苦的挣扎！

让我们忘了吧，
这爱情的笑话；
让我们忘了吧，
从此以后你和我各自浪迹天涯！

如果爱还在你心中没有离开

看到相册中你的照片，
甜蜜的往事又浮现在眼前。
美丽的诺言，
仿佛还回荡在我耳边。

那时的我不懂你的心，
辜负了你对我的爱恋。
失望的你看了我最后一眼，
转身登上了远去的客船。

多年以后才懂得了好与坏，
恨自己当时为什么不明白。
你的转身离去啊，
竟然使我失去了一生的真爱！

如果爱还在你心中没有离开，
就请你大胆地把她说出来。
我会冲破世俗的障碍，

和你一起共度美好的现在！

如果爱还在你心中没有离开，
可你又觉得已经回不来。
就请你把她留在脑海里，
慢慢地品味我们爱过的畅快！

人约黄昏后

在这秋风飒飒的夜晚，
你的头上簪着桂花，
身着彩霞般的裙裾，
轻轻地踏着清凉的月色，
不顾路途的遥远，
从你的山庄一路南来，
悄悄地来把我见。

你羞涩地，
送给我一个金黄的木瓜，
这让我感到有点惊讶。
你微笑着对我说：
我每天都给木瓜树浇水，
每隔一段时间就给它施肥，
除了你我不会把它送给谁。

我们坐在开满黄花的栾树下，
手挽着手遥望寂寞的月亮，

肩并着肩听那草丛中秋虫的吟唱，
还一起将我新酿的桂花酒品尝。
你幸福地醉倒在我的怀中，
非要让我陪你数那眨眼的星星。

美好总是那么短暂，
转眼间你又要匆匆地将家返还。
亲爱的我拿什么回报你呢？
你也知道我没有昂贵的美玉。
只好送你几根我珍藏的孔雀羽毛，
我希望你看见它们就露出幸福的微笑！

我在郑州等你来

我在郑州等你来，
等你乘着春风而来。
我会带你去登嵩山，
让你感受中岳的豪迈。
在少林寺的门外，
我们一起把那山花儿采。

我在郑州等你来，
等你驾着祥云而来。
我将带你去看黄河，
让你领略母亲河的风采。
在黄河的波浪中，
我们一起把那大船划开。

我在郑州等你来，
等你踏着月色而来。
我要带你去"只有河南"，
让你欣赏河南戏曲的可爱。

在小小的剧场里，
我们一起穿越到各个朝代。

我在郑州等你来，
等你伴着歌声而来。
我一定带你去北龙湖转转，
让你看看那对白天鹅，
是如何地秀恩爱，
站在湖边遥望西天的云彩。

我在郑州等你来，
等你在秋天里来。
早上带你去喝"老顺城"豆沫，
中午去人民路吃"合记"烩面，
晚上再去品尝"云归处"的私房菜，
保证让你吃得开心又痛快。

我在郑州等你来，
等你漂泊以后归来。
我最想陪你到龙湖外环路走走，
那里的樱花正在盛开，
你还记得吗？
多年以前我们曾在那株樱花树下一起畅想未来。

附录

西江月·携手共登昆仑

携手共登昆仑，
并肩赏花暮春。
青梅煮酒在黄昏，
为赴前程惜分。

鸿雁来往传信，
字字句句情深。
夜来春雨天籁音，
点点滴滴碎人心。

玉楼春·风吹竹林雪纷纷

风吹竹林雪纷纷，
小院寂寥锁柴门。
红菊染白更有韵，
屋中独坐多情人。

雁绝鱼沉空留恨，
欲去梦中将侬寻。
辗转反侧灯已烬，
才晓相思无穷尽。

望天涯·清风明月夜

清风明月夜，
丹桂暗香浮动，
西楼倚栏又相望，
侬在远方。
往昔欢娱，
总难忘。

秋水茫茫，
思伊欲断肠。
借酒消愁愁更愁，
醒后更加惆怅。
叹红尘，
多少痴情人，
朝朝暮暮费思量！

蝶恋花·记得暮春初相遇

记得暮春初相遇。
樱花灿烂，
风吹落红雨。
河畔柳下常幽会，
月下依偎多甜蜜。

而今唯有梦中忆。
回眸一笑，
佯整香云缕。
急步上前低声问，
脉脉含情却不语。

乌夜啼·天高云淡水碧

天高云淡水碧，
朔风徐吹水皱。
三两野鸭游河中，
无忧亦无愁。

冬柳半绿半黄，
黄昏岸上独走。
心上人远在天涯，
桥上枉凝眸。

南柯子·银杏满树黄

银杏满树黄，
初冬暖如秋。
浅浅江水向东流，
可叹伊人不知一江愁。

雁去鱼又沉，
相思霜染头。
月下窗前枉凝眸，
夜半梦醒热泪湿枕绣。

惜分飞·高楼远眺尽苍茫

高楼远眺尽苍茫，
云水处、蒹葭遍黄。
空中雁鸣凄凉，
声声入耳断人肠。

浮云远去梦已断，
此情浓、心绪纷乱。
雁来锦书不见，
相思真个无处藏。

浣溪沙·初冬微雨晓雾寒

初冬微雨晓雾寒，
河边霜柳羞笼烟。
玉炉沉水香已残。

月下凭栏凝望远，
阮郎有情在天边。
为侬憔悴梦中唤。

愁风月·风清月皎洁

风清月皎洁，
梅上落寒雪。
松林涛声咽，
缥缈笛声绝。

拈笔伸纸写，
词中情意切。
无奈山高远，
鸿雁怎飞越？

采桑子·笑我多情

梧桐枝上蝉声凄。
夕阳胭红，
淡淡晚风。
蜂蝶绕荷乱飞行。

金炉炷香悄成灰。
笑我多情，
恨侬无情，
银台红烛珠泪生。